¡LA VERDADERA HISTORIA DE LOS TRES CERDITOS!

POR S. LOBO

SEGÚN SE LA CONTARON A JON SCIESZKA
ILUSTRADA POR LANE SMITH

SCHOLASTIC INC.
New York Toronto London Auckland Sydney

Para Jeri y Molly

J.S. y L.S.

Seguro que todos conocen el cuento de Los tres cerditos. O al menos creen que lo conocen. Pero les voy a contar un secreto. Nadie conoce la verdadera historia, porque nadie ha escuchado *mi* versión del cuento.

Yo soy el lobo. Silvestre B. Lobo.

Pueden llamarme Sil.

No sé cómo empezó todo este asunto del lobo feroz,

pero es todo un invento.

A lo mejor, el problema es lo que comemos.

Y bueno, no es mi culpa que los lobos coman animalitos tiernos, tales como conejitos, ovejas y cerdos. Así es como somos. Si las hamburguesas con queso fueran tiernas, la gente pensaría que ustedes son feroces, también.

Ⓐ. Estornudo + Ⓑ. Azúcar

Pero, como les decía,

todo este asunto del lobo feroz es un invento.

La verdadera historia es la de un

estornudo y una taza de azúcar.

ESTA
ES LA
VERDADERA
HISTORIA

Hace mucho, en el tiempo de "Había una vez", yo estaba preparando una torta de cumpleaños para mi querida abuelita.
Tenía un resfriado terrible.
Me quedé sin azúcar.

Abuelita

De manera que caminé hasta la casa de mi vecino
para pedirle una taza de azúcar.
Pues bien, resulta que este vecino era un cerdito.
Y además, no era demasiado listo, que digamos.
Había construido toda su casa de paja.
¿Se imaginan? ¿Quién con dos dedos de frente
construiría una casa de paja?

Desde luego, tan pronto como toqué a la puerta, se derrumbó. Yo no
quería meterme en la casa de alguien así como así. Por eso llamé:

—Cerdito, cerdito, ¿estás en casa?

Nadie respondió. Estaba a punto de regresar a mi casa sin la taza
de azúcar para la torta de cumpleaños de mi querida abuelita.

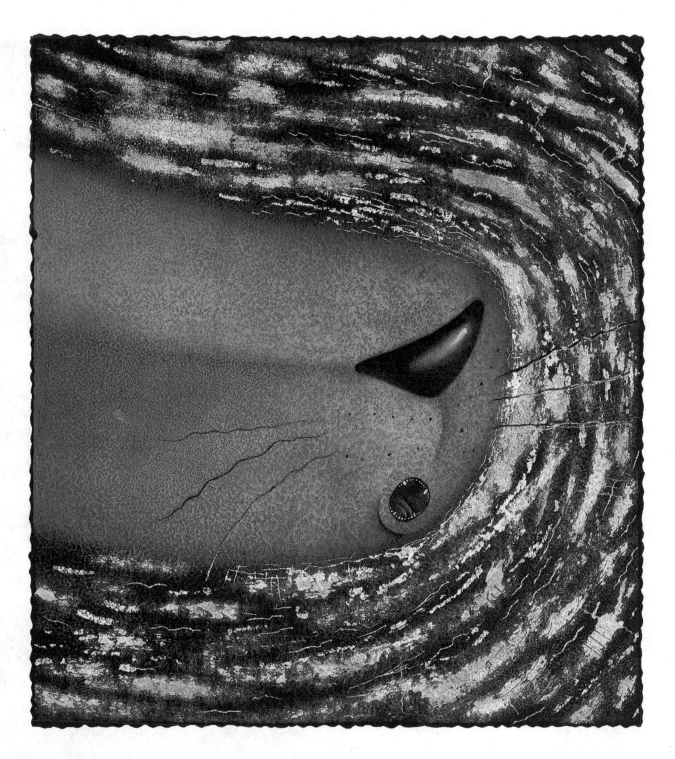

Entonces me empezó a picar la nariz.

Sentí que iba a estornudar.

Soplé.

Y resoplé.

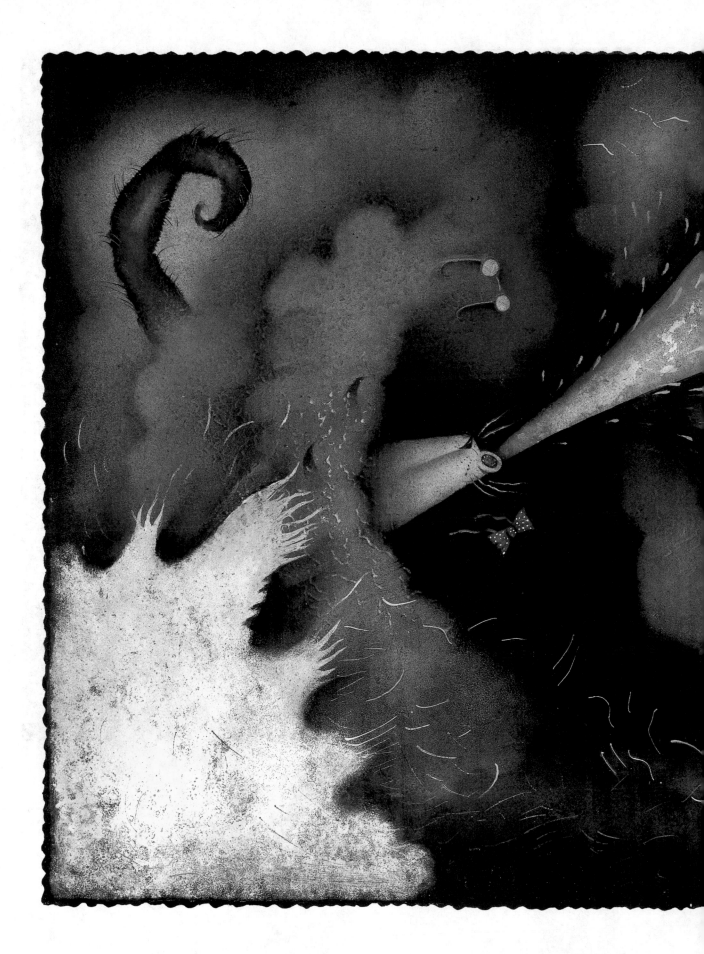

Y lancé un tremendo estornudo.

¿Y saben lo qué pasó? La dichosa casa de paja se vino abajo. Y allí, en medio del montón de paja, estaba el primer cerdito, bien muertecito. Había estado en la casa todo el tiempo.

Me pareció una lástima dejar una buena cena de jamón tirada sobre
la paja. Por eso me lo comí.

Piensen lo que harían ustedes si encontraron una hamburguesa con
queso.

Me sentí un poco mejor. Pero todavía me faltaba mi taza de azúcar.

De manera que me dirigí a la casa del siguiente vecino.

Este vecino era el hermano del primer cerdito.

Era un poco más inteligente, pero no mucho.

Había construido su casa con palos de madera.

Toqué el timbre en la casa de madera.

Nadie contestó.

Llamé:—Señor Cerdo, señor Cerdo, ¿está usted ahí?

Me contestó a los gritos:—Véte lobo. No puedes entrar. Me estoy

afeitando el hocico.

Apenas había puesto mi mano en el picaporte de la puerta cuando sentí que venía otro estornudo.

Soplé. Y resoplé. Y traté de taparme la boca, pero lancé un tremendo estornudo.

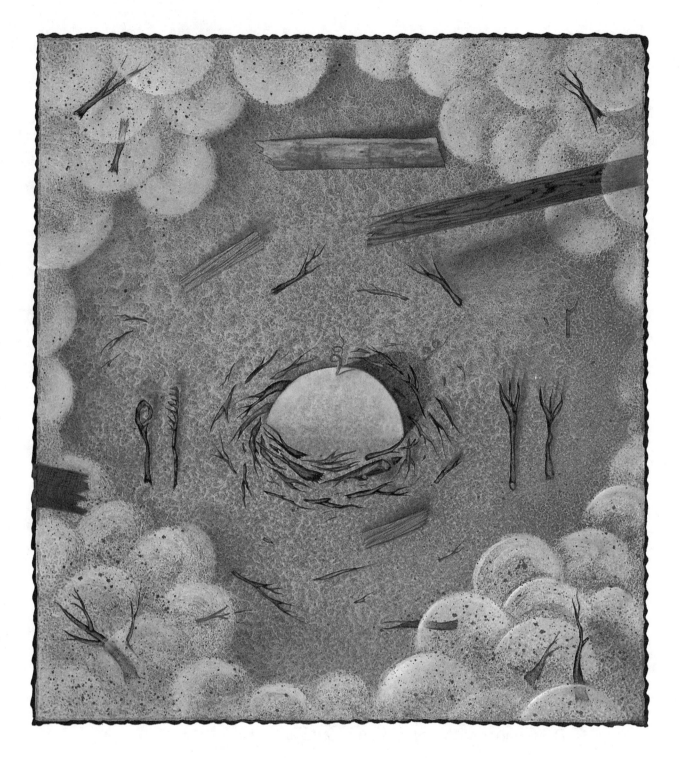

Y no lo van a creer, pero la casa de este individuo también se vino abajo como la de su hermano.

Cuando el polvo se disipó, allí estaba el segundo cerdito—bien muertecito. Palabra de lobo.

N o necesito

recordarles que la comida

se echa a perder si se la deja al aire libre.

Por eso hice lo único que podía hacerse.

Cené otra vez.

¿Acaso ustedes no se hubieran

comido otra hamburguesa con queso?

Me empecé a sentir horriblemente lleno.

Pero estaba mejor del resfriado.

Y todavía no había conseguido

esa taza de azúcar para la

torta de cumpleaños de

mi querida abuelita.

De manera que me dirigí

a la siguiente casa.

Resultó ser el hermano

del primer y del segundo cerdito.

Debe haber sido el genio de la familia.

Había construido su casa de ladrillos.

Toqué en la casa de ladrillos. Nadie contestó.

Llamé:—Señor Cerdo, señor Cerdo, ¿está usted ahí?

¿Y saben lo que me contestó este puerquito grosero?

—¡Fuera de aquí, Lobo! ¡No me molestes más!

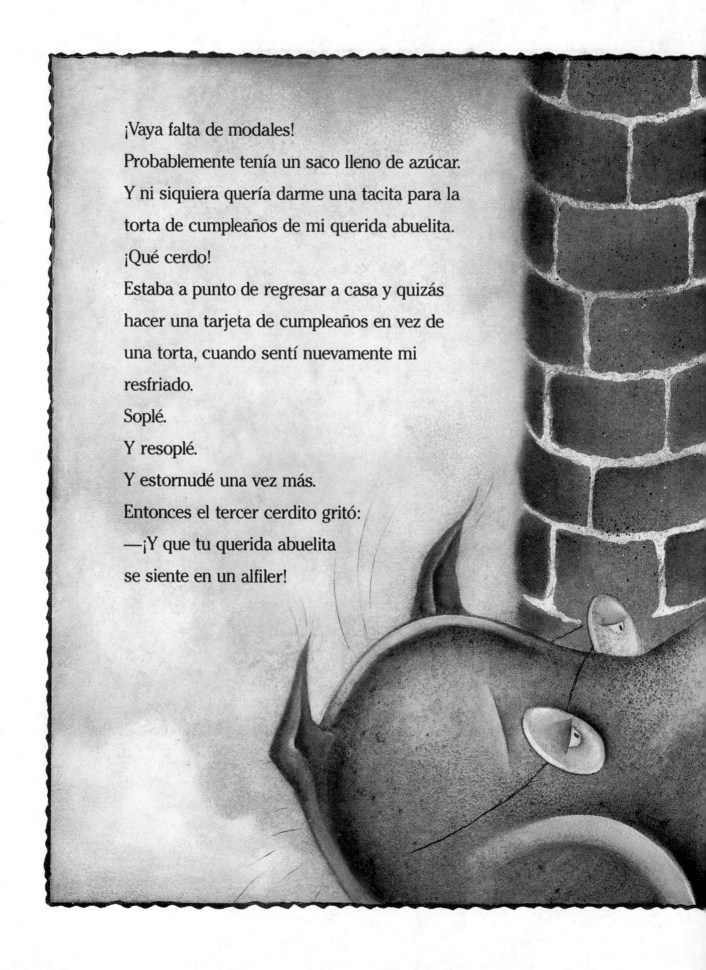

¡Vaya falta de modales!

Probablemente tenía un saco lleno de azúcar.

Y ni siquiera quería darme una tacita para la

torta de cumpleaños de mi querida abuelita.

¡Qué cerdo!

Estaba a punto de regresar a casa y quizás

hacer una tarjeta de cumpleaños en vez de

una torta, cuando sentí nuevamente mi

resfriado.

Soplé.

Y resoplé.

Y estornudé una vez más.

Entonces el tercer cerdito gritó:

—¡Y que tu querida abuelita

se siente en un alfiler!

Normalmente soy un tipo muy tranquilo. Pero cuando alguien habla así de mi querida abuelita, pierdo un poquito la cabeza. Por supuesto, cuando llegó la policía, yo estaba tratando de tumbar la puerta del cerdito. Y en todo el tiempo, seguí soplando, resoplando, estornudando, armando un verdadero escándalo.

El resto, como dicen, es historia.

Los periodistas se enteraron
de los dos cerditos que había cenado.
Pensaron que la historia de un pobre
enfermo que iba a pedir una taza de
azúcar no era muy interesante.
De manera que se les ocurrió todo eso de
"Soplidos y resoplidos y te tumbo tu casa."
Y me convirtieron en el lobo feroz.

Eso es todo.
La verdadera historia. Me hicieron trampa.

Pero tal vez tu puedas prestarme una taza de azúcar.